L

Le livre

Le livre du vrai

Du même auteur

Fleuve renversé, GLM.

Couleurs pliées, Gallimard.

Verres, Seghers-Laffont Change.

Syeeda, Reliefs.

Le Livre de Lioube, Fourbis.

Guerre trouvée, Al Dante.

Jean-Pierre FAYE

événement violence

L'Harmattan

5-7, rue de l'École-Polytechnique
75005 Paris – France

L'Harmattan, Inc.
55, rue Saint-Jacques, Montréal (Qc)
Canada H2Y 1K9

L'Harmattan, Italia s.r.l.
Via Bava 37
10124 Torino

ISBN : 2-7384-7148-X

aux poètes des cinq continents

et des sans continents

Table

enjambe

1.1

tu m'as en désir disposé le coeur
amour me vient mouvoir   qui me fait parler

je t'appelle dans la région
qui est le corps en pensée
et perce pensée dans le corps

soleil   tombe
en plomb de lumière

mais qui n'est pas
homme et femme est demi-corps

affirmation repose
sur un objet complet
dans la région parfaite

découpe de la côte
sur l'eau lumière

telle chose m'advient en présence
qui en elle me fait trembler

lumière découpe
l'enjambe

1.2

quand le masculin
est en union avec
la féminine
les deux instituent
un seul corps
tous les mondes
sont dans la joie

recherche est gage
de vrai

que de la chose aimée
il n'ait fait le jouir

1.3

je regarde en cette figure
par elle je vous ai devant moi

comme le feu vers la hauteur
par forme j'entre en désir

être vrai en toi se déplace
tu m'as disposé en désir

ayant désir je t'ai peinte
je regarde en toi   je te vois

1.4

mouvement de pensée
jamais ne se pose

que la chose aimée
je ne l'ai fait jouir

l'amour penchant est nature
le plaisir en toi se lie

né pour monter il dure
dans la matière de pensée

j'ai peint en toi la peinture
celle qui te ressemble

1.5

amie qui êtes mon autre
soit chuchoté ton nom
vienne ton souffle
s'acomplisse ton désir sur tes lèvres et dans
tes jambes
ton corps celui de nuit et de jour donne-le
moi
aujourd'hui
accepte ma demande comme ta demande
est
par moi demandée
et jette-nous l'un à l'autre
mais par le manque libère-nous du manque
que cela soit ainsi

1.6

mais déjà existe
le livre du vrai

commençant il entraîne
en silence
l'espacement

il gagne l'espace
en lui-même. à mesure

qu'il avance
en elle

1.7

je vois son visage
en lumière de la nuit
son corps
plié sur le coeur

dans la lumière du noir
dans les mains j'ai
son visage source

où coule
ce qui coule dans la source

1.8

là où
les jambes se joignent
en celle

en qui femme
et homme se joignent

celui qui écrit
dit à celle qu'il aime

1.9

qu'est-ce
amour

c'est laque
de ce qui regarde

c'est ligne
et ourle de bouche

c'est résidence
de l'eau des yeux

c'est sommeil
versé au ventre

1.11

s'étreignent à des hauteurs
inouïes et tombent
l'un à l'autre

d'un jet
rivés
bec à bec

nous autres
en toutes postures

pour prendre
ce que percent

les faucons

1.13

tombés l'un à
l'autre

forme vide
anse ou amour
forme du corps
là où c' était
vierge

il semble que suive
ces voies le pouvoir
du nom qui seul
permet à l'enfant
au
nom de lumière de naître
intérieur
capable du bois vivant et donne
la vie de vaincre
les puissances l'encercle l''aveugle

car elle semblait
trop belle
et mouvante
pour la réduire
au
rôle de
raconter

1.14

et il lui dit

mourir en solitude
est mourir

se dire l'un à l'autre
est donner le possible à
la transcription du dessin

sur l'autre page

1.15

il la vit
en semblance de dame
en si merveilleuse puissance
qu'elle croissait quand il lui plaisait

tant son chef montait sus
les estoilles et sur le ciel
pour voir amont et aval

à ce commence mon conte

1.16

au milieu de la forêt du récit
j'ai rencontré la coupe de la forêt

l'âpre et violent m'ont assailli
je traversai l'épais de l'entre coupe

la traverse des voies m'a entouré
la clairière m'enveloppe à mi-chemin

dans l'enfer de lumière
la lumière soudain s'est prouvée

1.17

la béatrice infernale s'était avancée
par dessus la traversée du fleuve

de l'autre côté de la contrainte elle a crié
ce qu'elle crie est contrainte recommencée

elle dénonce la violation
jaillissante
elle attaque l'arbre toujours
commencé

crie en fuyant
qu'elle est

paralysée

1.18

la béatrice infernale est
liée
de l'autre côté du fleuve
arrimée à la craie
à la terre   au charbon
alimentée de   cri
mutique et de craie sèche
la main attachée
désigne la coupe dans la
chair de mouvement
et défait le sol
sur quoi   s'est appuyée

1.19

rendre conte admet
champs de langage

effet ou
déformation du rapport

rend certaine
et vaine souffrance

les parlants vivent
à deux et s'enferrent

comme si manquait un
comme si

1.20

le défaut à
la sexuation
et mort

l'énigme où meurt
sexuation et mort
des corps

est l'éclipse qui
permet de voir   et

d'observer la
couronne

1.21

chair est une herbe
venimeuse. et emmène
l'accroître désir

pain et eau
descendue

roi des puissances
ne se soustrait
aux mains

la vie goûte
par la mort

c'est désir en tant
qu'il est

fenêtre

comme un

dire

lacéré

1.22

roc abrupt
effilé
qui n'offre la moindre

prise

est promesse de
vision

1.23

maître de la vie. il
se soumet à
sentence

la forme de vie du
ou l'absence (de vie) du
sexe prend position et
rapport à

si sa forme est
absence de nom

tu le revêts comme
un vêtement

de forme

1.24

ceux qui respirent
aspirent l'air

mais le tout demeure

à tel exemple
se mesure

le battement des
fantasmes   dans

le dormeur

1.25

quel langage donnerait
de dire
sa nature

sexe est
cul par dessus
tête
devant derrière
personne

ne possède
sa sortie
nue

1.26

petite galaxie   qui en moi
tourne   condense
et écrit

grande   au dehors
qui
me danse

il lui dit : donna

donnez-lui

1.27

il lui dit

j'ose dire
le voeu qu'un jour
vienne où
s'ouvrent
vos jambes

pour qu'au profond se donne
le bruit du coeur

1.28

oeil fixe oeil profond

mer monte avec douceur

le flux presque à son plein

toute la quantité
d'apaisement

l'obélisque blanc
jusqu'aux genoux

lèvres remuaient
superposées au soleil

la goutte d'énergie
en un point

1.29

il lui dit

j'ose dire
que je vous dois

ce qui se dit

ce que je vous dois   je le vois
sur la longueur de mer
longée dans le soleil

1.30

votre vêtement est vitrail
qui donne à voir le corps opaque
faisant qu'il rayonne à travers la forme

il fait qu'il marche contre le vent
et que la couleur le modèle
donne à toucher sa matière lumière

douceur des jambes et du ventre
vibre au verre épais de la robe
au point même d'enchevêtrure

les dieux y mettent
ce qui   vivre

1.31

au point diamant du pensé
gît le ventre du corps d'amour

à l'entrelacs qui l'aperçoit
est la liane à la racine d'air

son souffle est racine
ancrée au soleil

1.32

fenêtre sur
l'odeur des plantes

ce que tu es

multiple dans
l'une

l'un
en toi

1.33

il bâtit en femme
visage qu'il avait pris à l'homme
il forme le tissu de chair

comme l'entrepôt à blé
est étroit par en haut
large par en bas

ainsi femme est
étroite en haut
plus vaste par en bas

à fin de recevoir
l'
ouvrir

1.34

se noue
pour la faire parler
la cause de haine amour

le ressort
d'énergie increvable
attribue la vérité
à dieu sait

connaissance
de ventre
cette façon penchée
de travers

1.35

il s'agit de rendre
immobile la vérité

comme on épingle
le singe en cage

vie n'entre
en ligne de conte
que lorsqu'il est
plus tard

dans un monde
lanterne

1.36

méditation dans
l'étoffe de robe

la recourbure pense, à
l'arrondi de l'épaule

le plein du vêtement est
creusé par le corps

ce creux
est dans nos mains
et se pèse

à l'éclat

1.37

chemin de vigne monte et s'attache
à la ligne de l'air. et s'embranche
aux fruits jaunes à la transparence
retournée en obscurcissement
où le moment respire

qui en fond
de nuit avance la main

entre nuit et nuit
passe le trait

1.38

car ce qui s'élargit en nuit

est âpre contre les reins
et chaud dans les jambes
et serré comme la forêt

donne à boire à la vérité

1.39

sa voix fait corps avec le corps
elle devient avec lui ventre et
visage
l'un jour l'autre nuit l'un rire

l'autre chant et respiration basse
qu'il faut toucher pour en croire
le délié est le plein le lier est le vide

1.40

elle corps femme est construite sur le côté
elle est bâtie sur le côté d'homme
elle corps de femme est édifiée ainsi

elle retournée ainsi vers l'intérieur
c'est gloire pour elle d'être celée ainsi
elle est chambre où cela est tissé

elle est ainsi une aide contre lui
elle est l'aide contre cela dehors
elle venue à l'aide en lui pour venir au dedans

elle vient pour être avec lui celée

1.41

tu mets tant de
lieu que tu choisis
ce n'est plus toi qui ouvres. mais

le lieu qui répond
et accepte. comme
qui décèle au soleil et y met

sa cache de nuit
c'est nôtre nous ainsi nous toucher
que nous trouvions un étroit durable

moment d'un filet de fruit
entre fleuve et caillou
fleur femelle arable fructueuse

jambes entre soleil

1.42

toi tu glisses entre
toi-même et
moi comme

je glisse sur
la surface nue
où se déplie

parfum odeur
pliée au livre

1.43

est-ce dormir
contre une femme sans autre
union que songe et

comme on glisse
sous soleil sans brûlure
de peau. et nage

au torrent sans boire
simplement nourri
du corps d'attente solide

âme de vertèbres
tenue aux reins
qui fléchit pour

s'y rompre

événement

2.1

événements viennent ici et s'emportent
corps ouverts au soleil
refermé dans les pages de glace
où la rivière infernale est capturée
sa fille qui lui était née
peu de temps avant qu'il fût élu roi
quand il y arriva
la trève des états avec était expirée
guerre avait été déclarée de part
et d'autre dès août
et les assiégeait sous la conduite
et sous celle de la citadelle des
il resta dans les provinces durant l'événement
des sièges qui faisait matière des entretiens
il quitta vers le commencement suivant
il entra dans les pays et fut curieux
de voir autant de vigueur qu'elle
avait de douceur pour ses sujets
il partit peu de jours pour retourner

2.2

l'événement du blanc descend sur un paysage
et s'écrit en noir et sanguine par le blanc
et par ceps sarment épieu écorce

la lumière va s'éteindre par surfaces
le contour se retourne dans le repli
le fond de la robe attend le cri

2.3

le val du noir l'accès au blanc
et le poudroiement de l'un dans l'autre
nous mènent jusqu'au bord

où respire la
nuit la désirable
l'eau en puissance

de vinaigre et de
vin

2.4

l'arête de roc arrête
l'ondoiement de fable
et met la forme nue

en position de sang évidente ou chaude
dressée dans la plus vivante. genoux
dans les mains. visage

dans le linge et la laine
et le plus beau contour

levé en l'air

2.5

je dis le roc est   corps
mais fable   aussi est un corps

je dis l'arête est le temps
où parole s'attache
au bois du corps en plein temps

elle dit que fable est le temps
où elle prend goût au corps du bois

visage aussi   est corps
genoux liés donnent

goût au plus fragile
point

2.6

les mouvements d'ombres lavent   fable
et forme   chair de pensée
soufflée en arme

avancent jusqu'au dedans
de l'étoffe et de la chaleur
se tiennent dans le redans

dissipent en fer
ce qui est flux

2.7

la courbe tranche au noir
la fine lame de cohérence
découpe sur le fond un pan d'éclat

le point lumineux auprès d'elle
est amour en éclats venus
d'un soleil et de l'éclaboussure

jailli du fond et de la plus dense
force qui illumine et condense

2.8

déjà mes yeux se fixaient au visage
de la femme qui est mienne et par eux la
pensée
qui de toute autre intention se retirait

et celle-ci ne riait; mais "si je souriais"
commença-t-elle, "tu te ferais tel
que fut celle-là que l'on mit en cendres"

2.9

car il désire
un visage
éclairé par la nudité

il désire
posséder son visage
et que visage
lui fît don du corps

il désire
la preuve par le corps
donnée
par visage

il grand désir de cela
qui flambe dans le visage

flamme en l'ardoise des jambes

2.10

flamme le ciseau qui divise
les feuillets dans l'ardoise
fer long et tranchant pour entaille
en bois et pierre mince acier trempé, taillé
à l'extrémité pour tracer tailles et hachures
couper le fer à froid la taillée en pointe
et percer les trous sorte de
poinçon de bois dur en cône tronqué pour
ouvrir et séparer torons des cordages sorte
de bélier pour enfoncer les coins afin
d'assujettir et serrer l'assemblage outil
terminé par rainure pour pousser l'étoupe
dans les joints les fentes de bordage
et grand épissoir de bois dur pour ouvrir
et séparer en entrelaçant. mais il semble
que toujours le mouvement accompagne
l'âme
car elle est vie pour qui la possède et c'est
d'elle que procède le désir à l'égard
de chaque. or telle est la nature de la
désirable l'arche

2.11

ce qui divise les feuillets du livre. du corps
passe aussi par l'égard du visage
même en entrant dans l'obscurcissement
et la plénière épaisseur de son vide
je regarde le fond de cela

en entre regard en entreval
où vrai se livre

Violence

3.1

Je suis Viendrais je suis Viens je suis Venue
je suis elle qui
Vint
mais elle met hier dans maintenant
elle vient le bord de la journée
elle maintenant le temps d'avant
hier
elle est le disait que c'était violence
et que le sortir est le sera violent
je suis elle me disant le sera
demain
je suis elle me voyant je suis la disant
j'étais celle me fuyant je suis la regardant
elle est la Vient à moi elle est la disant
que cela est le faire
bien

3.2

genoux est entre le je et le nous
les genous sont entre nous et toi
ils sont et vont être ce qui nous fait nous
ils sont nous et deviennent je et toi

ils sont ce qui s'écarte pour être nous

3.3

et il édifia en femme
large à la base, pour recevoir
mince au sommet. à l'image
d'un grenier à blé
étroit au sommet. afin que la charge ne pèse
pas trop sur les parois
celle-ci a été nommée   . car
elle a été prise de

femme est prise de
homme. le monde
fut créé avec
la langue

nommée icha. car
prise de ich

3.4

au principe femme
sont attachés tous les êtres
de lui ils tirent nourriture

et savoir. de même
que la femme s'unit avec
le corps du roi et que

tout le corps est alimenté par
elle. de même elle s'unit
et nourrit ceux d'en bas

dis à la sagesse : tu es
ma soeur. il ya
deux sagesses. celle du principe

femme est nommée : petite sagesse

3.5

je suis charpente et serai estordison
suis jointure de démolition
suis le tenon en la lioube. mais elle

la disjonction de ça le joint
forçage sous la stance. serai
charpente sur la colombe

le temps a cassé le trou
creusé le vase

le présent
met à vide

3.6

or vous êtes celle que je lie
à ce qui se conte à partir du vrai
et à ce qui se dit entre le voir et la voix
car je vous vis d'abord visage tourné
ensuite je vous ai entendue
vous avez parlé de qui n'était pas
dans la saisie surprise de qui est plus
je regarde la voix et j'entends le voir
je vois que vous entendiez qui n'était pas
je regarde la bouche qui dit qui n'est plus
l'or qui lie ce qui n'est plus à ce qui est
or je regarde ce que je lis
vous êtes celle que j'entends dire qui n'est
plus
vous dites ce qui compte et qui vous contez
vous êtes encore celle qui n'a pas écrit
or vous êtes celle que je lis
je vois la bouche qui ne dit pas cela
or vous êtes celle que je relie

3.7

car l'or lie le corps à sa nuit
et fait avancer doucement en lui
il attache linge et mémoire ensemble
les fait revenir en allant l'amble
ainsi corps et nuit vont basculant
naviguant en navire coulant

ce que l'or lit sur le corps vivant
la nuit le recouvre dans le corps luisant
en elle avance métal corporel
la nudité qui la divise et fêle
car le verre du conte souffle au visage
quand l'or lie le dire fou et sage

3.8

voici deux femmes
qui sortaient
du jour. et le vent

soufflait dans leurs
ailes. parfois eux voyaient les êtres
sous la figure de femmes

dans cette langue il n'a été
créé aucun mot
pour désigner l'organe

d'homme ou de femme
car il ne faut
leur donner de nom

quant à l'organe d'homme
on l'appelle comme nerf de fer
pour l'organe de femme

on trouve : son ventre
l'acte même
n'a aucun nom

on se sert de : il épouse il prend
il découvre la
nudité

3.9

car l'or que je lis en vous
m'est apparue de profil
je l'ai vue métal féminine
la tête couverte de cheveux
qui bougent dans la parole
levant les lèvres qui
disent le conte
qui raconte la façon de raconter. je vois
la tête les cheveux la parole
les lèvres le conte la façon
qui façonne l'or que je lis

3.10

il faut te pénétrer
de ça
la croyance à la nouveauté du monde
est la base
leurs corps aussi jouiront
de délices d'une
durée perpétuelle qui veut
cette suite continuelle comme paroles d'un
livre scellé
et vous renversez les
paroles et
les astres tombés
quand il raconte
ruine et déroutes
la terre sortie
de son centre. effroi
fosse et piège
écluse des hauteurs
comme feuilles et cheveux

3.11

vous entendre dire
votre voix et
dire je vous, est la fête
de cent faims

vous entendre est cela
qui est merveille du corps de femme
et le temps et le jour la nuit
la pensée et la trame

3.12

d'autrui preu s'esjoit
qui le con sa dame voit

qui ne conte et prend
ne sait qu'il déprend

qui ne saura conter
se perde

de fol folie
de cuir courroie

3.13

c'était au milieu de la nuit
quand se divisa pour vous la nuit

tu es ce
que la nuit divise

3.14

entendre le   je vous
qui peut dire

est ce qui se penche et prend
appui au dehors et
respire l'herbe ou comme
embrasser l'intérieur des jambes
et accrocher souffle et vision
où nuit épaissit et donne
où l'aube rayonne au ventre et blanchit

3.15

la relation qui va des seins aux mots
et monte du ventre à la vérité
dont la possession jette

la figure noyée
dans le monde de la chambre
la relation va et monte du ventre

et condense un mouvement nu et noyé
et jette la figure de possession
dans l'étroite chambre de vérité

3.16

la possession étroite monte et vient
elle jette les mots et les seins
elle monde le nu et noie la chambre
elle condense la vérité au ventre
elle mouvement elle noyée

elle est venue relater ce qui va
monter depuis la vérité jusqu'à la chambre
et danse et jette ce qu'elle condense
elle monte des mots jusqu'au nu des seins
elle a noyé l'étroite montée dans le monde
elle émonde et jette qui elle a figurée

et condense la nue danse vérité

3.17

les constellations sont parties
du monde et les noms
parties de la pensée

le premier geste de femme
entre l'envers et l'endroit

val entre
deux miroirs

mouvement des lettres
entre les parcelles

jusqu'à la jointure
entre elle

3.18

main levée   à mourre

et à bien moins que ça
combien de nuit derrière soi

why do we want to destroy
wants for sex you can't have

installment of the serial soul

le secret n'est pas perdu dans
le procès de dissolution

first stage in the step is to fuck

plus chaude est écriture
véhémente destruction

3.19

doigts levés   dans le jeu à mourre

devint mort comme terre

dit : il m'a mort

alors que bientôt je moûr

je suis   à moûr

éclipse

4.1

car ce qui éclipse se mesure
dans la couronne
lumineuse comme un soir

et dans la
surcision. et l'incise
qui ajoute un plus à
l'autre

et l'arrache
le jette

4.2

s'éclipse un
dieu sans mesure

celui-là laisse
échapper des mains
le mètre le
rythme le nombre

et s'étend
sans le fini

4.3

sur le chemin
de suppression
le temps irréparable

ce qui retire
de la marée la mer
et laisse
l'algue de l'odeur

toi-même
je t'en prie

4.4

qui est-ce toi
dont tu parles. à qui
tu pris

l'amande que tu
donnes. à qui tu prends
la pudeur du
fruit

que sans cri
tu décries

4.5

qui est ce toi
à qui
tu parles

quand de toi à toi
tu te dis. ou bien
parlant à l'autre
que je ne suis

te tenant répandue
par ta main

4.6

que je tiens. disant
se revoir
est bien

traversée est bonne
suspens est souffle
usure même avance

4.7

et comme le feu saccage et décentre
la rigueur et l'huile
du corps de la rose
qui en elle entre

ainsi se distille
de la grande chair
immatérielle
mainte beauté

avec le feu d'àmour qui la prépare

4.8

en exil
dans l'éclipse

l'irréparable
façon
et l'ivre
crime
cristal

blessée
à l'angle
de fer

4.9

ne compte pas l'écume
aux yeux, dans l'énergie
de la lame

mais plutôt le soleil
qui te roule tumultueuse
ruisselante de l'éclat
du soir

ne mesure pas
ton instant

4.10

ton miel. voisin
de la substance
dont se fait le violon

et dont le songe
est vérité
dont le corps
est songe

là même
où il est

4.11

où il est même
au sommeil en pareille
nuit   ou fruit

vigne pommier et miroir
qui rend la noirceur
à la soie. et l'humide
au sable

4.12

ne mesure pas
de dire
l'immesure

rends le compte
de l'indénombrable
vite arrache
leur fumée

mais dis-leur
l'impudeur

4.13

dans la pression lumineuse avance
l'appelleuse en criant le village
annonçant le poisson le jour le matin
attestant le retour et le départ
et piétinant le tracé de la danse
sur l'eau sur le bateau sur la
marée fraîche de tout le varech
qui traîne de marche en marche
criant la verdeur de la mer
l'alliance des vagues et soleils
poussant des mains la froideur
hors de la journée, vers
ce qui s'est perdu et, avec eux
s'est même éteint et, au fond,
se ramasse, vente et rougeoie

4.14

appeler ainsi l'appelleuse ne suffit
point à guider dans l'arpentage
quand la scène vacille au port
et que l'eau oscille à la nuit
et la blancheur s'efface au noir
et blessures s'élargissent
dans la luminosité avec ou sans
focus en quel sens et pour quoi
la nappe d'eau dans les yeux éclatant
du soir parmi les chaînes d'émeraude
et la nacre liquide au centre, là
où se ramasse un vieillard de merci
dans le disque rouge et mal
transformé et vous l'appelée on ne sait
qui vous songe et qu'y faire
d'autre qu'à mer à pleine
mer se joignent bras et mains levées à mour

4.15

pour s'être amusé par les chemins
comme ces laquais qu'on envoie

au vin, et qui s'amusent à
jouer à la mourre —

dans le jeu d'Italie
qui consiste à
montrer une partie des doigts

levée et l'autre fermée
afin de donner à
deviner le nombre

de ceux qui sont élevés

ainsi les pages
jouaient à la mourre

à belles chiquenaudes

4.16

...

j'ai peuplé ton ventre d'amour et d'ensemencement
je suis venu jusqu'au fond
le mien et ton coeur feront naufrage,
laissant femme et homme troués de baisers

j'ai mesuré l'arpent illimité de ta main
la seule à ne pas être oubliée
j'entends la durée incisée et couronnée
j'erre avec celle de tes mains qui est perdue

je mange ce miel qui avec toi a disparu
et qui avant même a été mutilé
coulé dans la cire ciblé et incriminé
giclé dans la bouche avec le goût et dénudé

avec le rouge de la mer en forme de bouche
veillée avec bienveillance qui est due
l'amande à la chair si blanche et à écorce
convexe miroir de ventre qui se couche

à celle qui est dehors et n'oublie jamais
demandez un peu l'impudeur qu'il faut pour faire

...M.H...
[Miguel Hernandez]

4.17

à celle qui est au secret, au dedans
et au sommeil, à celle qui est
en voie de dire ce qui n'est pas mesuré

peut-on lui dire ce qu'elle ne sait rapporter
la blessure approchée peut-elle, soufflée
le feu gravé se pourra-t-il, scellé
et la chair, elle très douce, connue

le visage. enseveli. en cheveux
le corps. lui. en protectio n. rapprochée
lui elle. corps vivant. jamais plus mesuré

4.18

elle écrit perce plus profond l'un pour l'autre
le lait de la nuit coule de chaque côté des jambes
    et inonde cheveux, et corps arc-bouté au noir

    vers le centre où se hâte énergie ou espace
    et je te préserve qui dors et écris et saisis
l'arme vivante au moment où se sifflent les chiens

    aboyant aux étoiles et à l'air
    vous qui écrivez ici vous n'irez pas là-bas
    où le plomb coule et se creusent terrains

    et cendres vous demeurez ici
    où se creuse l'une l'autre se livre ce vrai
    profil des cheveux versés les uns sur les autres

    entrelacés entressés au lait d'étoiles

4.19

et ainsi mort vient réparer
et ce qui se brise est ce qui réparé

il ne suffira point
de réparer l'attache des bras
et de refaire la jointure des jambes
si le geste des hanches
n'est point réparé

ce qui vient restituer
retient le sang
que renverse le métal

blessure au bord de la bouche

4.20

meilleur que le ferment du vin
est ce bonheur de vérité échappée
souffle sous soleil et vent solaire

au dessous de la justesse, de la décision
de ce qui est splendeur déchiffrée
plaisir ou duel possédé
ni cela et non plus

qui est celle qui monte et vient
et dans le temps même et autre rev vient

4.21

si remède précède le mal
alors la bouche même est réparée
étincelles et tessons de métal

sont lien et novation qui est narrée
dans le très quotidien et le trivial
ces bris qui sont altérés et chavirés

du coeur de la fidélité qui libère
la convulsion qui enfante et profère

4.22

l'éclat qui déplace
nous rapproche
semence   éclate

vase   s'ouvre
        et   morcèle
   qui donc est celle
       qui est part

de ce qui sépare
et joint

4.23

celle qui a été mise à mort
et dont se porte la cicatrice
près de trois fois la marque au ventre

et qu'il faudra voir. escorter. entendre
est aujourd'hui chaude d'écriture
renouvelée au suc des jambes vivantes
mise au miel âcre de ce qui entre

sa place a été mise ici à la place
de celle qui est là. et ici. remise. à mors

4.24

flamme de pensée montée et brûlée

tu t'es couchée dans le cri

4.25

c'est le qui c'est la limite
qui a créé celle
qui est créée debout et questionnée

et exposée. au dessus de quoi
est appelée qui. celle qui monte
du désert colonne d'éclat et fumée

en cheveux et grâce noirceur

stance ultime. qui demande
toi. qui as compris. quoi

4.26

la porte ouverte sur le fossé l'eau la prairie
et les fruits l'herbe le feuillage
immobile en deçà du vent

poing de bonheur. qu'un chemin qui mène
jusqu'à nulle part à surprendre
ce qui ne s'apprend qu'à être

surpris à revers. la poignante
attendue en deçà de la porte
où le récit ramène et rapporte

4.27

tandis que le demeurant
pourra se recueillir du voyage
attendant d'être soumis à

besognes et autres. rappelle-toi
que tu fus esclave à l'horizon
plombé dans l'horreur
de l'éclipse à lumière noircie

quand soleil même est brûlé
aux jambes à jamais   refermées

4.28

chevelure versée jusqu'aux mains
épanchée hors de la symétrie
et qui relie en narration d'alliance

se déverse et coule jusqu'aux jambes
dépose là le jamais plus oublié
dans un temps qui franchit la réalité
me voici la devenue d'un monde lointain

elle invite à entendre   la seconde toute première
et elle ouvre la chaleur avec ses jambes

4.29

l'arc de lune
moins de pluie plus de vent
le souffle dans la courbure

mais la pure substance de rigueur
mesure le lieu des jambes
matrice de tous gestes
convulsion de la plus profonde

quand l'éclat de semence
fleurit à l'arête

4.30

les mains contiennent l'eau
elle rapporte le reflet
on propose les leurs

leur parfum est dans la robe
mais celle du désert
a des jambes dans la robe
une limite du sable

rompue qui demande quoi
ouverte qui est vue par qui

4.31

je vis foudre plus vive et victorieuse
faire de nous le centre. d'elle la couronne
plus calme dans la voix que lumineuse dans
la vue

chant du chant ou livre du livre
page dans la page. salive
dans la salive. langue
égalant la langue

elle pour lui
est celle qui est

4.32

fruits dans un panier
sans fond. l'eau après brisure
du vase. fleur

nourrie du vent
solaire et du renversement
du cri en
soubresaut. orage. éclat

bruit de l'enclume et ferraille
coeur brûle. qu'il sombre ou vaille

4.33

et nous l'un par l'autre. puisqu'en distance
nous nous sommes extasiés l'un par l'autre
par le vouloir et par la substance

dans cette confusion et en cet excès
nous nous sommes perdus par pensée et défiance
avons été jetés l'un hors de l'autre

mais nous retrouvant au moment d'insistance
et rattachant lentement le corps
de celle qui est ma mémoire dehors

4.34

corps coeur est vérité
âme aime sa propre chair
amour ainsi est être

en noces. reviens afin que nous
te voyions. il la voit depuis qu'elle
lui est semblable. lui qui ne voyait plus

corps l'aggrave elle et la signe
lui, pénètre la main dans la ligne

4.35

le corps doré
est toi que je mange
celle qui est l'entrelacs

ne devient pas la réelle
la fleur vide
dans la brisure

ce qu'elle est c'est d'être
la balafre de l'au bout du compte
la griffe rouge du conte

4.36

la tresse glycine et vigne
fait ombre sur le mur jaune
bouge sous le souffle

vois le mur ne bouge
c'est le mur qui souffle
tu es immobile
le monde se retourne

je te vois barque blessée
dans la fixation au sol

4.37

le conte de celle
qui vit et de celle-là
qui ne vit pas

c'est comme boire
l'eau la plus simple
nulle part. lorsque l'on sait
qu'elle est fraîche

car respirer coupe
la bouche

4.38

la lumière n'est pas
mouillée. l'eau
n'est pas entr'ouverte

mais l'éveil loge
dans l'eau. la limite
dans l'insoupçonnable
l'impossible

à penser. la ligne émue
du toucher

4.39

sang blond caillot noir
odeur d'essence blanche
sur la peau blondie de sang

continent noir lumière
poursuivie si je dors
qui me fut si réelle

que jamais ne pourrai
de ça — lui en vouloir

4.40

en sommeil même
moments et lieux sont écrits
ou illuminés

elle   pronom vide
en nappe profonde
sur quels papiers

encore
non lus

et classés

4.41

en vie qui eût été une
femme. vide qui fait
tourner la roue. en vie

dans la robe. apparue vers
la galaxie d'amie
encore l'espace

d'une nuit. sur la peau
de sang blond

marque noire

4.42

à peine deux traces et le feu
antérieur qui brûle
jusqu'au livre

de visages. et aucune ligne
ne fait penser qu'elle change
rien n'aura eu lieu

que le lieu   de veille. refermée
                    en mouvement du noir

après vie

5.1

Ainsi se fera l'après vie
par chance
O une ô aucune mais personne mais vous

te suis-je : endormie. ruisseau fiable
si tu m'avances vers nous, corps
ouvert   n'espérant

ni homme ni femme, mais
pliant sous la vue

5.2

elle c'est elle qui perfore
et met en sillage
tracé ou luttes de repère, et ruine

blessures et raisons sur le verre
elle qui n'est pas l'étanche
mais lésion : aphone

lèvres muettes se caressent
l'une l'autre. récentes. quelles

lesquelles. convulsives conduisant
au coeur. allant droit
au bord à l'ombre. sur le lit

de coupe   les veines crédules. le ruisseau
pince sans rire

5.3

l'odeur de musc t'approche et
t'entoure et descend avec toi jusqu'aux
jambes et même s'y enfonce

tandis que visage se voit et dévisage
l'un l'autre enfermés à raison
de chacun l'une l'aucune

jusq'à l'odeur acerbe et marquée
et les reins creusés et arqués

5.4

je fus prise pour l'unique témoin
du fait que j'étais longée
et aimée par des mains et par

des yeux qui dessinent
entre les draps entre neige
et ventre   poignets attachés

par les mains réunies dans les mains
par le corps ouvert par le corps

je suis prise par qui je prends
reprise à vie et à temps

5.5

vous êtes témoin que je suis qui vous longe
et vous accompagne au long du corps
avec l'arbre de lisière que rien

ne peut abattre dans la vente
ou sous la borne ou dans la fouille
tu es témoin que je suis qui aime

accompagner d'amour celle-là qui es
qui regarde où je la vois si elle hait

5.6

vous enfin. toi. es devenue toi-même
vous qui ressembliez au devenir autrement
et avanciez vers ce point de maintenant

puisque tu ne savais pas où je cherchais
et que j'étais dans l'ignorance de toi
j'allais en ce qui était et n'était pas

jusqu'à ce lieu de croisée des yeux
en qui cela   à jamais vient

5.6

chaque fois que tu croises
les jambes, quelque chose touche
notre centre minéral d'éclairement

et revient par nos yeux
dans le reflet, vite
de la lumière

et illumine vertèbres
vide ventre et fièvre

5.8

la coulée d'amour entre et devient
la croisée des jambes change l'éclairement
l'ignorance où je suis vient vers toi

la fouille et l'approche nous joignent
et la coupure suspend la ligne
dormant sans dormir dans ce qui change

le venin est devenu la vue la vie
l'après devient maintenant ce qui se fie

5.9

le poison doux s'inscrit dans le corps
par les veines du sagluk et du punctum
faut-il le pétrir ou le mélanger

et qu'il force les postures et le venin
le dosage de dépravation et de chimie
tandis que tu fores le sommeil moins
crédule

et que le pervers se mettra en congé
quand viendra le terrain d'amour s'étirer

5.10

je te demande de ne pas être celle
que je ne retrouve plus en un instant
et devient décalque de qui n'est pas

et tu ne sois pas celle qui pose ses mains
à plat sur la répétition de ce qui vient
et s'écoule dans l'eau musicale en retenant

l'instant excessivement jeune d'aujourd'hui
le son tout à fait lancinant de maintenant

5.11

la nuit se fait attendre
longuement au dessus du blanc
neige de formes venues

et chaleur trouvée
dessein écrit et désastre
sont lentement dessinés

sur la fine nuit froide en colline
bombée au ventre. entraille et trouvaille

5.12

je trouve vérité ici par bonheur
à travers mémoire mirage ou reflet
en raison d'être fou de ce qui vient

là même où lacèrent lame et strie
où volonté a fait sillage et larme
mais où nervure respire le fer

et la cruauté se change en air
ouvre méthode et porte et nuit

5.13

m'arrive la rise de la neige et de la paille
je me demande qui fait le bonheur de tout cela
je marche sur le fond de sel et de glace
en voyant porté le lit plié à bout de bras
et je regarde la règle flexible des yeux
suivant du doigt l'arc des sourcils et des reins

je vois dans la courbe de l'oeil l'arc des reins
dans la fumée des doigts pluie de soleil et paille
je ne finis pas de regarder le mouillé des yeux
la planète éclat par quoi tu vois cela
qui est enlacée entre nous autant que les bras
où le sel de la rise mord l'arête de glace

mais la rise monte et fait trembler le corps de glace
inonde les jambes et se gonfle dans les reins
elle met le frémir dans la bouche et dans les bras
voilà le soleil et voilà l'aboi et la paille
je te vois toi la vue qui viens regarder cela
nous nous voyons parole à parole dans les yeux

buvant le vin le café l'eau d'après vie dans les yeux
le fruit de la mer mêlé à la neige et la glace
le drap de la nuit qui recouvre et tache cela
l'archipel qui coule et se disperse sous les reins

soleil au ventre le galbe au feu de la paille
et le charbon de la rise qui rougeoie aux bras

car grandit la rise et la surprise dans les bras
puisque tout change au su et au vu des yeux
quand les flambées vont lécher les poupées de paille
dans les jambes s'introduisent le feu et la glace
la voûte se lève pour la pierre et pour les reins
on demande alors ce que vient y faire cela

évidente la rise que lui ou elle y cela
la mienne est scellée dans celle qui est dans les bras
la tienne est donnée à celui où s'arquent les reins
je veux que s'arrête de rire le coin des yeux
le temps de suspendre pensée et corps à la glace
avant que prenne le feu à l'échiquier de paille

avant que toi la vue voûte le feu et la glace
dans la pensée qui a courbe et forme dans les reins
je veux y penser et dire le poids de cela

couleur

6.1

j'abolis les nombres dans le livre de visages
en voyant un seul au centre de la roue
multiple de lui-même comme de tout autre

mais c'est lui qui s'est détruit et effacé
indiquant la marque laissée dans la main
et la petite incise au coin de la bouche

à la pulsation des yeux quand elle a perçu
l'approche du noir au fond des couleurs

6.2

ma pensée n'était avec moi mais avec
toi et si elle n'est aujourd'hui
avec toi nul lieu ne sera

au monde voici rien
et rien son envers mais je viens
car je demanderai la restitution

de celle et de qui dans le songe
parle et paraît   mensonge

6.3

en bleu oublié se tourne
le cahier de peinture
au futur la mémoire

a déjà un oeil de plus
que la page le papier
la toile . la couleur

vibre dans l'or de l'oeil
son arbre tremble au fond de feuille

6.4

vous regard regardez la couleur
couleur survient par ce que regard
la ligne se fait rompue à l'angle

visage d'angle et vous penchez la ligne
de vue   la découpe
et la nouure d'épaule

avec vous regard
j'entre aux jambes des couleurs

6.5

ligne se retourne en effet
se change en couleur pour se faire
former au fond de ce qui se transforme

et montée du regard en interface
dessine et dure dans l'entre deux
deux fois viennent dire pour une

genoux polis se croisent sur l'entre
forme le creux   et la vivifiante

6.6

ligne ouverte dans la couleur
est écartée   jambe après jambe
laissant ouvert   le lac de pliure

le plan de plaisir dans la pensée
est pli du frémir fait immobile
elle   inondée   à la fouille
et la souille

l'éclat et la vue y deviennent
ligne élargie   et jaillie

6.7

vienne vraie fraîcheur véritable fois
qui gouverne la pluie par la fraîcheur
l'afflux qui tache en couleur et ligne

la toile tachée par coulée et pli
désigne le point qui n'est pas marqué
à partir de quoi découle et vient

celui dont se tire toute ressource
celle qui se boit au vin de source

6.8

j'entre visage dans votre fraîcheur
mains et membres à pleine couleur
et démêle ligne dans ligne

je vous regarde durant le regard
dans ce moment où choses se font
et respire de votre regardée

et vous enfouis avec qui s'enfonce
dans ce fond où ça se défonce

6.9

à l'octave entrée dans vos yeux
quand désert fluctue et bleuit
vous faites verte la fauve

prairie, bruissant de l'humide
je vous viens suc je viens vous belle
quand cela fait nappe avec ça même

je viens vous la même et vous mêle
à vous plongée au clin d'étincelle

6.10

le centre le chemin le treillis
et l'escalier renversé dans l'espace
devant l'arbre alphabet de palmes

c'est cela dans le soir et la marée
portée par la rafale circulante
dans la violence rase. verdeur le noir

le violet fait du noir dans du blanc
viciés contaminés par le verdissant

6.11

ainsi de la figure des hommes fauves
dont la surface s'étire en espace
qui l'observe devient l'inobservable

dans le mélange intime de trajectoires
par transparence de l'or et du corps
jusqu'à ce point où s'abandonnent les jambes

à l'extrémité de ligne qui fait rage
s'entend la douceur de cri de chat sauvage

6.12

saxifrage monté en parfum dans la toile
dispersé en treille dans la mémoire
quand celle-ci veut le besoin d'éteindre

et dans le ruisseau respirant du peuplier
s'est mêlé d'alphabet et de feuilles
le vol de chemin qui par ici condense

où châssis et toiles se meuvent et portent
celle aux pieds nus qui déplace et rapporte

gong sanang

7.1

la première nuit chantée s'ouvre
c'est donc à toi
que j'adresse

voilà ce que j'aime
que vous offriez
à qui arrive

sa taille si fine
qu'on la transperce

d'une aiguille

7.2

soeurs   qui d'entre
vous va entrer dans la danse
portant sept robes

superposées et pourtant
le corps dans les robes
transparaît

taille si fine qu'on peut la ceindre
entre pouce et index

7.3

même ses ongles sont
d'or c'est la première
fois que j'atteins sa demeure

non pour tuer mais pour
voir entendre
l'agong

l'histoire conte
qu'il regarde

7.4

soleil meurt au bout de l'ongle
calque diminué sur la ligne
sanglier à sept bouches

histoire et ligne coupent le visible
la jarre du maître du riz
verse ivre dans la voix

elle coule. par
le maître des prises

7.5

les malfaisants viennent du bord
du monde. vêtus de pierre
et réitérés par

l'homme de poussière
au travers du chant de la nuit
étincelante. insulaire

chant qui n'est point
plaisanterie. mais possède

7.6

le contour de la baie est narré
dans la poudre solaire
mais chant est interdit en soleil

et il entre en nuit étincelante
voyage et marchande le non
visible.   démons et tisserands

du monde et cinq piliers
inceste et raz qui l'inonde

7.7

sept robes sur le corps dans le drame dansé
où celui-là transparaît de celle
qui danse durant le drame narré

de la dame de l'huile du marbre
et de la femme de l'espace par delà
pour qui le prix coule et jaillit

gibier sardines et argent
riz et brindilles

7. 8

le jus fermenté déborde
sur l'encolure de jarre
l'histoire raconte

qui goûte une mesure
déjà s'écroule
si hautes les jarres

l'histoire dit
qu'on doit lever les yeux

7.9

il dit je risque d'être
projeté en autre monde
l'histoire raconte   qui viennent

de l'autre moitié du monde
ne viennent pas à bout
d'une mesure

et je boirai à même
les lèvres

7.10

gong et sanang
avant le chant
au bras replié la demeure

frangée par l'argent du soleil
liée de rotin
singes rongeurs d'oiseaux

pour le maître des sangliers
et des prises

7.11

fête des gongs bière du riz
construisant la grande maison
viennent alors de la mer

qui portent guerre et durée
fermente la jarre
du mariage

au maître du riz
donne le plaisir

7.12

linéarité dans le chant
bribes mêlées aux récits
différents ébriété de chaque

danseur serpents et esprits
voyage et souffle
d'inja qui guérissent

le regard calme
sur l'herbier

7.13

six chants douze soeurs épouses
dame des génies dont s'empare
le jeune homme. et tuwan

dague offerte et pacte
dame des arbres. oiseaux
et jeunes hommes. dame des souffles

dame des bancs de sable
du cinquième niveau

dame de l'huile du monde
de l'espèce au delà

dame du néant. des crochets

7.14

sept nuits pour entendre
à l'écoute du chant narré
sur le plancher ou sarclant

dans la nuit. le débit lent
et l'ornement nu
les points et l'ancrage

d'histoire et de
voix

7.15

manta. linga. jan
paragua ou palaouan
de balayan en bahut

coeur libre
de préjugé
capable
d'accueillir

la vérité
en haut la douceur

en bas est joie

7.16

il possède
vérité qui relie
on montre le prince

qui réunit toutes choses
par le centre de sa nature
force vient du souverain

au centre
il est libre

7. 17

l'événement surprenant
se produit. on croit voir
un bandit dans le survenant

vent souffle sur la montagne

image de la
vérité

patte d'oiseau
sur la couvaison
vertu vivifiante

agit au creux
et allume
l'intérieur

porc et poisson
fortune

7. 19

hexagramme de vérité
traits pleins en haut
et en bas

prémice ou mémoire
chant plain illimité
meut la surface de l'eau

l'effet visible
ainsi manifesté

en haut le vent

au centre
il est libre

en bas le lac

7.20

pour vous le chant
jeté sur le ciel

chaleur sourde mal saine
vent rompt la montagne
surface de l'eau

ainsi le non visible
manifesté

pour vous ce trait
les animaux tracés

fourrure ou carapace
le prince relie
les sujets

en force centrale
toute union

7. 21

nacre et chanvre pour vous
il possède le libre
central

neuf en haut signifie
le chant pénètre

on vient et se fie
au chant

chanvre de celle
qui se fiance
demeure à qui elle lie

nacre du nuage
qui donne éclat

difficulté donne
raison confie
l'eau et la base

7.22

éclats et bribes de fleur. nouure
juste avant le point où corps

recouvre corps. où voix
est subterfuge
de voix . en karang

toucher la joute au recouvrement
est ma sarbacane d'essarteur dément

7.23

fée bâtit la lumière
ni sur ciel ni sur la terre
mais sur branche d'univers

sur la vague bâtit trois mers
une mer toute de carbone
seconde mer est de nickel

la troisième faite de fer
à la première porte de mer
ventre de la fée est fait femme

à l'autre, sa jambe est mariée
la troisième, genoux ont des lèvres
l'éclair pénètre le tonnerre

si mince paroi éclatée
vierge entre les deux beaux frères

7.24

entre la reine élénas
et le roi albani
la figure est méluzine

dans le lac survient et va prendre
eau lumière et envol

bâtit des lettres dans le cri
et dénoue le serpent d'alarme

de la plume efface royaumes
frontière limites et armes

Struga Skopje

7.25

Hors terre

1. Si vous n'êtes pas : vous parler est idiot
vous parler ainsi est sot : si vous êtes
faites un instant comme si nous étions

2. Inventons un archipel : il baigne en même
mer

3. Inventons un langage qui vous parle
comme si vous étiez et n'étiez pas
il ira plus loin dans l'espace

4. L'archipel est dans la mer
pour qui est et qui n'est pas

5. Ne faites pas la guerre aux étoiles
sans l'avoir racontée

6. Faites comme si — nous sommes

grande vague

8.1

dérive et dérise nous prennent
et nous jettent au plus loin
l'histoire conte que la pulpe amère

ne se crache. gong suspendu
seule parole fait défaut
à la bague d'or. et

à la dame des génies de la mer
dont s'empare

8.2

j'osais dévoiler à nu leur nature
suivre temps et chose qui
la défigure

je criais d'une voix qui ne pouvait
s'entendre   apprenez
que viennent de vous

ceux qui avancent semblables
à fumée qui se dissipe

8.3

s'il est meilleur de lui jouer
encore la musique des gongs
et de goûter les jarres

l'histoire conte qu'il change
continûment. porte sept nappes
en surnombre

elle je ne l'oublierai
prenant la baguette des gongs

8.4

puisque femme est miracle
digne d'honneur et de flamme
qui transforme et sculpte

les visages divins. feu
instable consume
détruit et brûle

pliant la terre   il fait
venir avant forme

8.5

aux confins des îles. où
la dame des terres de la mer
dispose l'océan

et ajoute le gris
aux couleurs et
douleur

l'exact le
précis

8.5

geai
est-ce
ou plume
du paon

pan
fume
j'ai
cesse —

mais voie
lactée
jetée

en soi
à l'iambe
des jambes

8.6

le noir brûlait le temps que j'aille
rouvrir près de la colonne
sur quoi la lampe brève brûlait

on entendait au noir que le livre
se refermait. la robe
de sept robes superposées

et son corps transparaît
quant à moi dit-elle ne danserai

8.7

que plus tard. l'antécédent brûle. mais rien
que deux traces au visage
la marque près de la bouche

acier contre le coin des lèvres
trace vide auprès de la mort
et le pronom maintenant vide

qui laisse langage entr'ouvert

8.8

je lui prouvais
qu'elle était réveillée. mais elle
se rendormait nous demeurions

jusqu'au matin mais une
heure avant l'aube se frappent
les cymbales. dans ses veines

la fureur qui remue, en elle
aussi profonde que le feu

8.9

j'abolis les nombres dans le livre de visages
en voyant un seul au centre de la roue
multiple de lui-même et de tout autre

mais c'est lui détruit et effacé
qui montre la marque laissée dans la main
et l'incise brève au coin de la bouche

la pulsation des yeux quand elle a vu
 dans les couleurs   l'approche du noir

8.10

trois fois la grande vague
où le dessin devient la tempête
en transformation mais de quelle

façon la mort s'annonce à la crête
de vague en nuit et déferle
en jour au moment où midi s'écroule

et va venir surgir à la courbe
le compas de fer qui mord dans la foule

8.11

grande vague : puissance hors
visage le bleu éclabousse
les yeux dans le réseau de cristal

mais la nacelle sous-marine guide
le pinceau par lequel s'écoule
le fleuve sang dans le creuset plaisir

là où toiles d'eau
se déchirent et mêlent

8.12

le bétail de lumière est avancé
dans l'obscurité chaude et les arbres
ce que ligne veut dire est appuyé

à la dernière lueur et à la coupe
d'interface au fond vibrant des branches
et je dirai à la mort de l'argument

que grille l'insecte l'aile l'algue
et que se démontre et monte toute vague

8.13

là où c'est chair et bouche dans la pensée
où c'est peau et ventre dans les yeux
est le mouvement qui encore remue

et mis au creuset est encore bougé
le temps modulé est déjà compté
la concise durée la parole incise

sur fond de prairie le fil de métal
le territoire de fuite insensée

8.14

rares, qui connaissent
le livre du vrai
langage et de sa faim

un jour tout vient à corps
dans le sang du sel
nage le couple rompu

de ses membres coulent
l'huile et le vin

8.15

un peu plus tard ce sera notre
petite faim dans la nuit qui te tenaillait
mais qui donc saurait feuilleter le livre du
vrai

amour   à l'heure de cruauté
et arracher de son ventre désir
et sa vertu   celle qui ne se peut

chasser. un peu plus tard ce sera
le tour de qui affamera la fin

8.16

amour nous échoit en partage
frappe solaire   mesurée
par excès.   égale

à la durée   lieu mobile
des points transformés
où le feu court

sous la peau
compas de membres

8.17

je n'est ni moi ni les autres
mais maillon des saisons entre autre et un
par fleur oiseau lune vent

même si je m'accoutume à la lune
c'est le moment de la face armée
qui jette abat fait battre et mourir

le renga d'automne entre en hiver
fête pasquale sans nez au printemps
fer feu et fleur
pour la pensée

nemrud

9.1

liberté donc
veut dire douleur afghane
liberté veut dire douleur
juive. liberté veut dire
douleur d'orient proche douleur
chilienne polonaise argentine algérienne
parallèle coréeenne douleur noire
énigme de pierre palestinienne
je veux dire : liberté veut dire
au contraire de la douleur

pierres à lire

je voudrai mieux dire
liberté veut
dire nécessité de dire
les droits nécessaires et
épaissir les droits liberté
déclare les droits vient les donner
vérifiables : elle voudra dire
mise à bas de la mise à mort
mise aux feux de la machine
celle qui escorte et change
en froid la chaude déclaration
des droits

je veux dire : liberté
pas encore délivrée

9.2

Ruh' Rou'ah

retour de
feuillage et pierres
parlantes qui donnent
. à chaque branche le souffle
et le jet, sans hasard
dans le jeu du jet
. mais polies entre hommes et hasards

le retour *des feuillages*
que raisonne un vent de dégel
entre pierres noires
. l'impatience étincelle
à ceux qui sont humiliés
amour est comme soleil
. avec une ville d'or non plus

le retour du feuillage
souffle sur fosses comblées
et la protubérance solaire
. le retour du feuillage
à l'arbre réunit les branches
village après village, aventurées
. au travers des sites interdits
dans les grands villages de première terre

et nous avançons le soleil du retour
de feuillage, si douleur épouvante et
larmes sont pain quotidien
. mais douceur redoutable et immense
mais mort est aussi miracle
serrent les dents si fort à briser
. les dents et à mordre doucement le soleil

sur les lions noyés au désert
et sur le lit du fleuve
le retour du feuillage enfin
. jaillit de l'arbre comme
une femme criant la tête en flammes
dans la déchirure du ciel
. et j'entends bruire l'approche des branches
dans la douceur redoutable et tolérante

9.3

insoucieux par ignorance
entendez-vous ce que j'expose
— et qui je suis —

il adviendra que le mont
va s'établir au sommet des montagnes
de nombreux peuples vont s'y rendre
toutes naissances y affluent

tu donnes un fardeau à mon coeur
que mon corps ne sait porter

mais le coeur sait porter
ce qui force les victimes à défaillance

9.4

Si pierres et terres parlent elles disent
à chaque peuple son espace de mémoire
à chacun le dû de l'espace
. avec le droit au change et aussi
à la transrespiration des corps
pour chacun dire la langue de l'autre
. épousant le corps à corps de l'autre
à l'un et de l'un à l'autre

uruk beirit sippar ugarit - ur sichem gaza
tout fragment se conte et marque au sol
trame d'étoiles narratives entre tous
. dans l'interaction de soleil avec soi
épelant l'alphabet de pierre par delà
le travail d'âpre qui se nomme histoire
. en espace de toute genèse
devenue sortie de l'ombre
cessation du massacrier
. levez-vous   sortez
des villes de massacre

9.5

un peuple ici
celui-là le peuple ami
ce peuple veut la résistance

asymétrique la lutte
de liberté et intolérance
nemrud
grave sur la montagne

ici maintenant
liberté s'adosse à la plaine
le chant des enfants maintient la montagne

caravelle

9.1

vous êtes caravelle d'argile
ouvrant la grenade du monde
rame et voile

frappant le vent et la mer
contournant l'écueil
virulent le poison

jaillie de soleil et de l'eau
changée en joie et en mot

9.2

plein est couleur
plaisir ou jouissance
et toile. égal à

l'être vide   porté par
le cou flexible et fin
porteur du visage

il va
recueillir les essaims

9.3

votre visage est comme
un grain d'encens
et qui justifie la brûlure

elle brûle au point
où la branche
touche l'herbe

il flambe
en grâce

9.4

dans la robe de Douleur
sont l'océan et vos jambes

clavier
et vibration grandissante

Voie, vers

11.

Le pinceau brosse la voie
des oignons sauvages

la ligne du nord
déchire la ligne
au sud de la ligne

le pinceau interroge
sur la pureté
nous lui dîmes
coupe tes ailes avec

le couteau de mesure

je cherche le son
de hong   j'entends
le dire des tassines

poisson et miel

ô saisons ô lambeaux
détresse est certaine

wang wei   ad'n
fuis donc sur ton âne

bronze du corps des femmes
la blancheur du sous-robe
assaut des soleils

dévêts la fenêtre
viens jusqu'à hong

soie vient par la mer

déshabille fenêtre à fenêtre
habille la fenêtre en fenêtre
dévêts la fenêtre
de sa robe

fenêtre est bol vide
que paysage comble

paysage dévêtu
de toute fenêtre

sacs et robes
pendus aux fenêtres
millet riz de papier
blé et sorgho

le pinceau brosse la voie
des oignons sauvages

la ligne du nord dévêt
la ligne du sud
au dessous de la ligne

O saisons ô lambeaux
détresse est certaine

Arabiis ingens in collibus infans
gentes, capite armas, subactae

rien, la vie
voilà les saisons
et merde les saisons
et colrage

Aden Ardennes A Deng
rien que du blanc à songer
au passant considérable

querellant l'apparence du dire
très franchement une mosquée
sur le temple du ciel

resté à attendre l'abban en arrière
reste avec le reste à attendre
à Wordji

arrivé à Warambot
levé à Darap

je suis
étendu la jambe enchaînée
je n'ai pas terminé mes contes
avec Tian

ne vous effrayez pas
je vous salue de coeur

de front quatre fois
quatre roues qui roulent

quand je suis immobile
mort roule face à face

image du monde qui coule
pendant que nous y sommes

accroupis parmi
zébus et chèvres

devenu un squelette

je fais peur
chaleur devenue forte

je n'ai ni le temps
ni de regarder se marier

*

il s'est produit
une révolution énorme
dans le change

roupie et thalari
thalers fraslehs et café
piastre et nagadié

or saute . ivoire est stable
vais mal à présent
vent furieux toute la nuit

froid par toute l'Europe

impossible à cause
du change
qui monte et descend
on vieillit vite . ici

déshabitué du climat
d'Europe

Tian est très honorable
établi à Aden

Tian ou Tien par lequel
la Chine désigne dieu
à juste titre

la question de savoir
s'il est permis de
dire Tian, ciel
pour dieu

je suis connu en bien

après avoir
transporté des ordures
perte de change

Tian demande
la valeur de sa
cloche (ou équivalent)

le zébad déprécié
à l'impossible nul

n'est tenu

pour la commande des

soieries il faut un
laissez passer du roi

montagne du Patient
trace derrière
Taiz

pour la commande
soieries du roi
je m'étonne

par ordre
de Tian

je vous accuse
lettre de ce jour

me remettant
les contes

il demeure
le solde de mon conte
en suspens

cirque et terrasses
s'ouvrent jusqu'au
fond

qat et sorgo

Tian . ciel
chacun le tire
du côté

roc et désert verts

enfants vendent
le sézame

fusils armes
de guerre disparue

foules fêtes
de vie furie
décharge et fruits

citron figue mango
profusion cède la place
à nudité

toi qui doutes
ne crois pas
que je sois
moi

je suis l'éclairé

dieu ne crois pas
que je serai
moi

à celui qui a dit
je l'ai connu par le nom

mais le nom ne se sépare pas
du nommé

mais

le dit qui peut s'énoncer
n'est pas le dit pour toujours

or le monde
est produit par l'agent
dont l'acte
est éternel

le monde est acte
dont l'existence est
conséquence de cet acte

mais
il y a défaut
si l'on divise l'être
en ce qui a cause
et ce qui n'a pas de cause

*

à l'approche

du roc affreux
il me manque

des instruments pour
la confection des cartes

Mokeda reine
la prudente l'ardente
Bilkhis l'adorable

cette taille qui affole
ma folie   ces hauts
de cuisse resserrant la porte

nous demain la mort
va nous atteindre

palanquière fais halte
que je te dise

elle se laisse voir

reins longs et souples

ville de flamme
sous le roc

cité cratère

sensation irriguée
cités . cités peuples

fables fouillées
terre contre terre

la baie tenaillée

contant comme j'avais
dû quitter Chypre après
avoir roulé la mer

roc affreux
sans un seul brin d'herbe
ni une goutte d'eau bonne

je travaille aussi à mon conte
seul
il me blanchit un cheveu
par minute

on massacre en effet
et on pille pas mal
dans ces parages

on a gratté du pays

une trentaine de mille
thalaris

si nous Européens
nous y soumettons sans
protester, sur nous le plus
pesant retombe

rassurez-vous sur mon conte

*

Sira fait face
au cratère

vous êtes en hiver
et je suis en été
les caféiers murissent

si vous avez besoin
prenez ce qui est à moi

pour moi je n'ai personne
à qui songer

sauf ma propre
qui ne demande
rien

et je trime comme

un âne . je fais
des pieds et des mains pour
tâcher de sortir

je ne puis aller
en Europe . d'abord
je mourrais en hiver
ensuite je suis
trop habitué à la
vie gratuite

errante

quitter de suite ce pays de gel
dites-moi quand

je dois être
transporté à bord

béton pierre verre fixé
dans Abddale'ah
maisons montent
et deviennent tours
ou palais

et celui qui ne se sépare pas
du corps
ne peut être
que corps
il ne se sépare pas un instant

de l'âme
il ne peut être
que l'âme

*

large d'épaules
la plaine . ici

fracturé

l'espace

verte
la sécheresse

animal
le sol

en France je serai
étranger
dans ces environs-ci
où je suis connu

à présent
je suis condamné
à vivre
encore toujours

couteau en cravate
charnier de métal
et décharge blessure

du déchet
splendides villes désastres

meurt la ligne
de crête . brûlante
scierie de volcan

en horizon

sada
al goda   al kébil
al abib

marché jette
esclaves et métaux
musiques et douleur

poignard penché
marque classe et
puissance

douleur empoigne
nuit . le voyage
vide

qui monte
et tourne

feuillets
d'espace

jambes
traversées
et percées

verre albâtre
et fers

Thula Sana'a

Taiz Aden

Voie encre

12.1

avec désir nous venons
voir sa limite

soufflet vide exhale
plein du feu

souple le corps
forte est l'eau
montante

terre flammée

12.2

minli jie est noire
hérissée de linge

jeunes femmes entrent
jusqu'au noir

maisons de bois tremblent
en fond de l'eau

je regarde et avance
par le verre noir

12.3

thé se verse
par dessus l'eau

verre est cassable
au fond d'oeil

il la regarde au point
de sa limite

il la voit jusqu'à
la maison du milieu

12.4

voir encore
une fois la mémoire

le verre renverse
le voir

manque fait hâte
du revoir

12.5

en miroir flottant
le voir perçoit

ce qui casse
le voir

reflet échappe
pour voir

12.6

l'eau de thé
se verse

devant la grande fenêtre
elle verse

sur le linge
regard coule
dans le regard

les cheveux sont
versés d'épaule

à épaule

12.7

le matériau monte
sous les lattes de bambous

moi Li Qing Zhao
au soir je m'éveille

pour éviter le chagrin
je traverse le paysage
je prends des vins

à la fête de mi-automne
je vois le lit
et l'oreiller vide

je veux qu'il m'abrite
celui qui me laisse

qu'il me donne l'amour

12.8

le béton casse
le ciel

fer monte
dans les bambous

les couleurs écrivent
et descendent

pays se rompt
au milieu

12.9

au revers
du reflet

s'écrit
le point

après elle
décrite

12.10

il la voit jusqu'au
point du milieu

tache d'encre descend
au point du ventre

le trait attaque
vite . là

il la regarde
qu'il aime

12.11

camions et roues
emportent le trait

cahots rompent
l'écrit

cris écrivent
le chaos

12.12

muraille froisse
le papier

par elle brise
dynastie ou soie

monts se mêlent
aux mots écrits

12.13

au miroir
en viande
de laque

reflet consume
la chair génitale

12.14

feux d'alarme
brûle
la feuille rouge

pour la femme
du roi You

son royaume
mis à perte

12.15

les feux de muraille
alertent princes
et mendiants

foules montent
et roulent

vers le mur
la limite

12.16

montagne jaune bouge
dans le crayon

descend au profond
du dire du val

12.17

toujours avec désir
de voir son secret

et toujours n'étant
drapeaux et fleurs

ni par delà
hauteur et

profondeur

12.18

le papier croise
ce qui froisse

mille plis dans
la tunique de papier

plis dessinent
le pluriel

caché dans le corps
caché

12.19

le pinceau brosse la voie
des oignons sauvages

la ligne du nord
déchire la ligne
au sud de la ligne

le pinceau questionne
sur la pureté
nous lui dîmes
coupe tes ailes avec

le couteau de mesure

12.20

je cherche le son
de voix de hong

poisson et miel
rouge viande

ô saisons ô lambeaux
détresse est certaine

wang   à ad'n
assis sur le buffle
fuis sur ton âne

12.21

bronze du corps des femmes
la blancheur du sous-robe
l'assaut des soleils

dévêts la fenêtre
viens jusqu'à hong

soie vient par la mer

déshabille fenêtre à fenêtre
habille la fenêtre en fenêtre
dévêts la fenêtre
de sa robe

12.22

fenêtre est bol vide
que paysage ne comble

paysage dévêtu
de toute fenêtre

sacs et robes
tendues aux fenêtres
millet riz de papier
blé ou sorgo

or et roc

12.23

toujours avec désir
de connaître et voir

secret
au fond du corps

et des bateaux de fleurs
à Kouang Toung

avec Laozi nous mîmes
bouche contre bouche
le temps tout le jour

la nuit relie puissance
et l'acte
femme avec l'homme

de deux naquit trois
silence et vibrante
salive de joie

moyeu vivant
dans la roue

et cri

12'.1

l'amorce infime
du change
en profondeur
est le trait
qui transforme
comme si figure

déjà s'est ouverte
au fond, appuyée
au souffle de

la lettre
allant et
venant. réponse er

alerte
repos et foudre
cassure dans la mer

le change
est sans être

12'.2

de jambe à bouche
et de l'orteil à
la cuisse, transition

est pensée. car prendre femme
est faste
elle monte et il

descend, et rencontre
et unit. et elle

l'envahit

elle qui est
traversée, et

transformée

12'.3

il la faisait
s'allonger sur les mains
se retrouvaient sur

ses hanches, elle ne
bougeait. la main
s'arrêtait sur

son ventre. il sortait
un sein, en disant
avez-vous vu un

sein pareil. la main
passait le long des

jambes. il soulevait
et défaisait la robe, sortait

des replis. il offrait
une goutte de parfum

intime

12'.4

elle augmente la nature
elle incite et propage
yi hong est l'augmentation

et l'envers de qui décline
elle est fleur qui fait retour
et donne fleur et racine

montrant le fond de la robe
ciel plié croise terre

parole froissée se plie auprès
de son relais au fond de corps

retouchant le fond de fruit
l'embouche chaude coulant

au jus de pêche trempée

12'.5

incitation est motif
d'éclat âpre de chose
et bougé de langage

qui prend au ventre et
jette fleur odeur musique
et frémir ou bruitage

par quoi commence le
soudain au travers de
ce qui s'entasse

comme griffe
de beauté

sur papier

vite répondue

12'.6

chanvre. lin. soie et
écorces. vieux filets de
pêche. fibres broyées et

moulées. vieux chifffons trouvés
par Cai Lun, préfecture de
Gui Yang. pour l'encre

de Huang Di l'empereur
jaune. fumée et résine
pour Huang Che pleurant

dans la nuit, aux yeux de Wu
Wei, pour avoir trouvé

comment écrire à partir
des empreintes d'oiseaux

sur papier

12'.7

ainsi tu m'augmentes par
folie dépense et joie
et ce n'est ni au-delà ou

paradoxe, mais forme et jouir
humide et qui délasse le
coeur et le feu. en bas

l'initiale secousse. en haut
le bois et le souffle, d'où
l'incitation se propage et

l'augmentation s'épanouit
à son comble. et me source
et te joint, et

te souveraine

12'.8

la voie est de venir
sans cesse en aide aux
choses de vie. remontant

à ce qui sert de début
revenant à ce qui est la fin
et transformant l'essor

en repli. et par métamorphoses
d'hommes et de femmes. de nasse
et poisson. de bouche

blessée par la langue. là où
la femme prit dans ses mains
l'arbre, et vint l'introduire

dans la vague. pierre de meule
et écume

9.

l'odeur de marée demeure
sur les filets. parfum du poisson
sur la nasse de papier

mais raison de la nasse se trouve
dans le poisson. sens avance
et pénètre la nasse

au parfum de marée prise
aux filets. chanvre et soie
changés en papier. où entre

sens ou membre
du corps venu. sous le souffle

du vent. respirant
l'algue. discussion

ne parle. verse
sans remplir

ce qui verse
est vers

12'.12

couleur de crainte
donne plaisir, et prend chair
robe si courte qu'elle fait voir

le clair, arabesque ajourée
en albâtre ou éclair, opaque
lumière de corps

le regard tourné par là, et
la main écrivant, ici

question sur
— poésie —

13.1

contrainte du vers
est supposition sur la langue
mais simple brûlure de bougie
en dispense
et éviter le conte
n'est pas compter
. mais être réservé
envers la réserve
met en gage la forme
pour nulle part
et la hanche du vers
se retourne
. vers ce qui ne répond
ni questionne
nulle gêne pourtant
à résister envers
ce qui est ornement
mais blocus
. ainsi toujours vibre
le continu du rompre
car jamais il ne revient
que dans l'orage
en ce point qui est
le large et le focus
. car elle l'a enfoui
à même la langue
où l'accueil du vide
la dérive et alimente

et vienne destruction

mais sauvegarde et joie

. où

le bleu du vide

mouille nos habits

13.2

poésie est la hanche
d'esmeralda. elle est femme du prince
yu. du prince désir et de li

. sa loi: elle avance dans la conscience
de son corps modelé en lumière
dans le béryl, et sa taille est

. limpide et le gemme des yeux
est vert et profonde la vasque
du corps dans la nage et l'avance

. d'amour et bonheur, la joie
des langages dans la lèvre
vêtue de couleur et sang

. moulure et vivante

13.3

car poésie est hanche qui
s'écarte recueille reçoit. si elle est
femme
du prince ouvrier

. ouvrant le corps pour connaître
ou naître, en nouvelle annoncée
qui ne sait rien d'autre

. que le rien ajouté
emplissant tout l'espace
grisé d'odeur et couleur

. de goût, désir et de vin
de toucher qui manque
la forme et la joint

. et qui l'entre

le souf et la syrte

14.1

enfin un cri plus perçant qu'elle poussa
une joie plus vive que je vis
toute souffrance et toute lumière
. qu'il vienne qu'il me broie
qu'il me traîne attachée aux chevaux
plutôt poussière que femme sans corps
. elle qui tend l'arc à le briser
mains et bouches dégouttantes de sang
car je n'ai pas su dompter mes lèvres
. ayant tort d'être femme
mais voyant le futur en féérie
et regardant tout au fond de l'herbe
. le poumon de peupliers respirant de soleil

14.2

mais Vlasta au mont Vidovlé
a développé la terreur des plaines
et dessine le code de fer et domination
. elle périt avec les armes
celui qui l'a vaincue la déshabille
et sanglota sur son corps
. il la nommait Ilona à voix basse
et la voyait retournant ses yeux
il regarde l'arc des reins dénudé
. la courbure de corps et chair vive
la toute vivante marquée à mort

14.3

soleil feuilletant le feuillage
dans le vent d'or bruissant et respirant
si contre lui monte la grande eau d'ombre
. la nappe qui tombe a un goût d'épaule
c'est une odeur d'aisselle qui vient de l'herbe
le fond de sol a ce goût d'Ilona
. car elle mâche la broussaille d'odeur et de goût
elle mange la fumée et le parfum
elle froisse le bruissement entre ses mains
. et marque le bord du corps au rouge
la bouche des lèvres et des jambes
l'écartement du bois en éclat
. bras et cuisses confondues vivantes

14.4

venu de la Hamada rouge est l'océan
de pierre sombre et de gris noir sans oiseau
de tranchée sèche saumâtre et du vrai
. infini éblouissant et du manque
de l'eau perdue   dans les sebkhas
à la saveur amère que perce seul
. le souf vers la syrte, mais sans
la toucher et mouiller son bord
sa dune de corps dans sa courbe
. blanche et très noire dans le soleil

14.5

Orisha

Iemanja Iansa Ieoshu
et l'impact de la nudité sur le
desejo   sur les Orisha la mer
. tempête et l'eau douce
tissée des mains mêmes toutes empreintes
des sucs de l'abacaxi
. et du marango. il boit
les saveurs. un instant, se tourne
pour voir la visiteuse vêtue
. de blanc et de noir. il voit
l'impulsion d'écume et de souffle sur
la nudité contée
. des dieux femmes océans

14. 6

Car in-

Car inouïe est la pénétration d'oeil contre oeil
les yeux enchâssés dans l'autre brillante
regard ciblé dans regard. visage à
. visage ça brille l'un dans une
autre. sous les cheveux et sur
la bouche et tout au long
. des deux lèvres éclatées en fleur
car inapaisée la lumière qui bouge
d'oeil en oeil et d'entre lèvres
. quand elle descend, alcool et fait chaud
dans les jambes et brûle dans l'entre
genoux et remonte aux hanches
. car inépuisable la danse de la lueur
joue iris pupille et blancheur
noire des regards l'une vers l'autre
. mais les mains rencontrent de loin
l'ambre noire au doigt portant l'image blanche
car inexpiable est la croisade des yeux
. et la sainte guerre des yeux se prolonge
là où tu es qui regarde regardée
où tu es la devenue rivière qui s'allonge
. car inattendue à ton bord : tu n'es pas gardée

14. 7

Langue de sable

le noir à noir des pupilles se regarde
entre elle et   je suis   rien qui se voie
longue robe bleue à raies blanches se dévoile
. mais elle est vêtue de regard à mes yeux
habillée nue de sa bouche et des yeux
elle rieuse trois fois dans la vitre
. il semble qu'elle conte les doigts de sa main
dans le reflet pupille n'est pas mais regard
se meut pourtant et voit . et regarde
. car je suis qui la vois mais en transparent
même là où regard n'est que tache noire
et elle, lassée d'être vue et dévêtue
. met sur les yeux tache d'ombre et absence
écarte les jambes pour danser le chant
bras et mains se croisent sur les mots imprononcés

14.8

Or le langage
m'est venu quand je dormais
dans les draps la fièvre et l'image
. fanfare de ce qui est
quand les chevaux convulsés foncent
sur l'arène et soulèvent
. le sable aux yeux paille noire
de crottin sueur et vitesse
or langage me manque
. car inatteignable est celle
que je recherche sans son nom
et qui parlait dehors
. à d'autres sans me dire
comment la nommer et trouver
dans la ville choisie inconnue
. et m'assaille la phrase disant
qu'ils sont là pour mourir

Table

Collection ***Poètes des Cinq Continents***
dirigée par Maguy Albet, Geneviève Clancy,
Léopold Congo Mbemba, Alain Mabanckou
et Emmanuelle Moysan

La collection Poètes des cinq Continents non seulement révèle les voix prometteuses de jeunes poètes mais atteste de la présence de poètes qui feront sans doute date dans la poésie francophone. Cette collection dévoile un espace d'ouverture où tant la pluralité que la qualité du traitement de la langue prennent place. Elle publie une quarantaine de titres par an.

Dernières parutions

192 - Rouchedy Chafai, *Exils et Demeures.*
193 - Babacar Sall, *Le lit de sable.*
194 - Idris Yousouf Elmi, *Nostalgies ou le joug du verbe.*
195 - Abdullah Naibi, *La Virginité du feu.*
196 - Marc Alyn, *L'oeil imaginaire.*
197 - Gabriel Okoundji, *Second Poème.*
198 - Orides Fontela, *Trèfle.*
199 - Sobhi Habchi, *Les noces de l'oubli.*
200 - Chantal Danjou, *Terres bleues.*
201 - Marc Baron, *Variations sur le chant intérieur.*
202 - André -Louis Aliamet, *Les volcans du rêve.*
203 - Amjad Nasser, *L'ascension de l'amant.*
204 - Gaëlle Guyot, *Archipel.*
205 - Léopold Congo Mbemba, *Le tombeau transparent.*
206 - William Souny, *Hangool.*
207 - Tchicaya U Tam'si, *Le mauvais sang, Feu de brousse, A triche-coeur.*
208 - Philippe Tancelin, *Ecrire/Elle. Ce nu redouté des silences.*
209 - Janine Modlinger, *Veille.*
210 - Hoda Adib, *De rhapsode au Zajal.*

Collection ***Poètes des Cinq Continents***
dirigée par Maguy Albet, Geneviève Clancy,
Léopold Congo Mbemba, Alain Mabanckou
et Emmanuelle Moysan

167 - Kazem Shahryari, *Les cendres de l'amour.*
168 - José Maria Alvarez, *Le serpent d'airain.* Ouvrage bilingue français-espagnol, traduction de François-Michel Durazzo.
169 - Virginie Reiffsteck, *Nous, ses passagers.*
170 - Lhoussain Meskine, *Vestiges ...*
171 - Myriam Montoya, *Fugues.* Ouvrage bilingue espagnol -français, traduction de Claude Couffon.
172 - Homa Sayar, *A l'eau, au feu, au vent, a la terre.* Poèmes traduit du persan, Collaboration de Valérie Movallali.
173 - Chehem Watta, *Sur les soleils de Houroud.*
174 - Chehem Watta, *Pélerin d'errance.*
175 - Sobhi Habchi, *Le Prophète eros* suivi de *Premières éternités.*
176 - Jean Zimmermann, *Comme un arbre qui parle.*
177 - Antoine Tshintungu Kongolo, *Tanganyka Blues.*
178 - Vincent-Marc Karénine, *Versant Nord.*
179 - Michel Khalil Hélayel, *Celui qui ne meurt pas.*
180 - Régine Philippe-Bailly, *Amours ensablés.*
181 - Yusef N. At. Sehnun, *Izlan i tafat.*
182 - Mithridad Pourmir, *Le mur des averses.*
183 - Vincent Lamkin, *La mer est un poème à la mer.*
184 - Etel Adnan, *«Ce ciel qui...n'est pas».*
185 - Alexandre Mitzalis, *La muraille d' Europe.*
186 - Pius Ngandu Nkashama, *Crépuscule équinoxial.*
187 - Daniel Leduc, *Le livre des tempêtes.*
188 - M. Baba Farid, *Carré d'Anges.*
189 - Philippe Guérin, *Le Revers des Masques.*
190 - Giovanni Ruggiero, *Ultraflash.*
191 - Julian Beck, *Théandrique ou la possibilité de l'utopie. Dernières notes.*

Collection ***Poètes des Cinq Continents***
dirigée par Maguy Albet, Geneviève Clancy,
Léopold Congo Mbemba, Alain Mabanckou
et Emmanuelle Moysan

140- Cándido Gerón, *Passé les flammes*, poèmes bilingues, traduction de Claude Couffon.
141- Joëlle Basso, *Collyre.*
141 bis- Marc Alyn, *Les mots de passe (Liberté de voir, Le temps des autres, Brûler le feu)*
142- Jacques Eladan, *Espérance poétique : Chalom - Salam.*
143- Luisa Ballesteros Rosas, *Plumes de colibri.*
144- Eszter Forrai, *Collection privée*, ouvrage bilingue français-hongrois, traduction de Sylvie Reymond-Lépine.
145- Leopold Congo Mbemba, *Déjà le sol est semé.*
146- Jacques Guigou, *Son chant.*
147- Nohad Salameh, *Les lieux visiteurs.*
148- Jean-Dominique Pénel, *Pays gorge île dans la terre.*
149- Julia Roessler, *Cimetière d'eau vive.*
150- Jean Bensimon, *Où luit l'origine.*
151- Bernard Barbet, *Squames d'œil.*
152 - Adama Diané, *Errances Océanes*
153 - Jean Gillibert, *Plus béant que le temps.*
154 - George Ellenbogen, *La porte aux rhinos,* ouvrage bilingue français-anglais.
155 - Alain Mabanckou, *Les arbres aussi versent des larmes.*
156- Edouard Valdman, *Les larmes du temps.*
157 - Henri Falaise, *Les beaux miracles.*
158 - Michel Ecoffard, *A mes yeux des embruns, à ton ventre l'océan.*
159 - Jean-Claude Villain, *Thalassa pour un retour.*
160 - Seyhmus Dagtekin, *Artères solaires.*
161 - Monique-Lise Cohen, *Un jardin d'inconnaissance où grandit l'appel de ton nom.*
162 - Geneviève Clancy, Philippe Tancelin, *L'Esthétique de l'ombre.*
163 - André Prone, *Insolente* suivi de *Ainsi soit dit.*
164 - Hoda Adib, *Sahar et Shalim.*
165 - Sobhi Habchi, *Age de guerre et autres thrènes*, suivi de *Mourir à la place de Dieu.*
166 - Salah Al Hamdani, *L'arrogance des jours.*

Collection ***Poètes des Cinq Continents***
dirigée par Maguy Albet, Geneviève Clancy,
Léopold Congo Mbemba, Alain Mabanckou
et Emmanuelle Moysan

105- Christian Gorelli, *Juste avec le monde.*
106- Marguerite Benidir, *Osmose.*
107- Serge Brindeau, *Le toit résiste.*
108- Jacques Guigou, *Elle entre.*
109- Geneviève Clancy, Philippe Tancelin, *Le bois de vivre.*
110- Daniel Leduc, *Le chant du verbe.*
111- Pierre Goldin, *Paysages pendant la pluie.*
112- Elli Péonidou, *Heures.120-Irène Shraer, Ils ont vu les voix.*
113- Vincent Lamkin, Jérôme Ripoull, *Journal des 4 blessures.*
114- Marc Alyn, *L'Etat naissant.*
115- Jean-Claude Villain, *Été, froide saison.*
116- Gabriel Okoundji, *Cycle d'un ciel bleu.*
117- Yves Saint-Gervais, *Vagues.*
118- Jean Mambrino, *L'Odyssée inconnue.121-Michel Lagrange, Célébration de l'oie du Nil.*
122-Marc Alyn, *Le Livre des amants.*
123-Samuel Millogo, *Savannah Blues.*
124- Paul Farellier, *A l'obscur et au vent.*
125-Babacar Sall, *Le poème blessé.*
126- Claude-Raphaël Samama, *Les poèmes du soi.*
127- Liliane Atlan, *Bonheur mais sur quel ton le dire*
128- Geneviève Bon, *D'amour et de terre.*
129- Giovanni Ruggiero, *Le miroir de la mer* (bilingue français/italien traduit par J-J Méric).
130- William Souny, *Tarab*
131 - Marcel Migozzi, *D'autres étés, plus au sud*
132–Myriam Tangi, *Le ciel en désordre*
133–Roger Parsemain, *Désordre ingénu*
134- Remdan At Mensur, *Tighri*
135- Jean-François Ménard, *D'écume au vent la vie*
136 - Noureddine Aba, *Je hais les trains depuis Auschwitz*
137- Jacques Galan, *Le chemin de traverse*
138- Michel Gay, *Miroirs lucides*
139- Maurice Couquiaud, *Chants de gravité*

Collection ***Poètes des Cinq Continents***
dirigée par Maguy Albet, Geneviève Clancy,
Léopold Congo Mbemba, Alain Mabanckou
et Emmanuelle Moysan

68- Babacar Sall, *Visages d'homme.*
69- Celia Dropkin, *Dans le vent chaud.*
70- Pierre Goldin, *Helladiques.*
71- Noureddine Aba, *Comme un oiseau traqué.*
72- Irène Shraer, *Ce que raconte le vent.*
73- Thierry Divry (1943-1993), *La seconde éternité.*
74- Shêrko Bekes, Les petits miroirs.
75- Adamou Ide, Sur les terres de silence.
76- Henri Brunel, Les oiseaux pour sourire et rêver.
77- Maxime N'Debeka, Paroles insonores.
78- Krzysztof Jezewski, La musique.
79- Jean-Pierre Biondi, Si je change de nuit.
80- Philippe Caspar, Miserere.
81- Parviz Khazraï, Guitare, fourreau de la dague, suivi de Montagne en mois.
82- Le bout portant de la poésie, discussion et poèmes. (Collectif).
83- Jean Bensimon, L'arbre bonheur.
84- Leïla Houari, Poème-fleuve pour noyer le temps présent.
85- Abdelkader Benarab, Les mots.
96- Kama Kamanda, L'étreinte des mots.
97- Daniella Rasoamaharo, L'Ante ailleurs.
98- Ron Padova, Révélations de l'air.
99- Kazem Shahryari, Le voyage l'emporte.
100- Solange Amiel, Matière Noire.
101- Hassan Benghabrit, Descentes aux miroirs.
102- Alain Mabanckou, La légende de l'errance.
103- Sylvie Reymond-Lépine, *L'Ourse et le Moldave.*
104- Michel Cassir, *Ralenti de l'éclair.*

Collection ***Poètes des Cinq Continents***
dirigée par Maguy Albet, Geneviève Clancy, Léopold Congo Mbemba, Alain Mabanckou et Emmanuelle Moysan

43- Pierrette Micheloud, En amont de l'oubli.
44- Max Guedj, Poèmes d'un homme rangé.
45- Christian Gorelli, La mer est ma demeure.
46- Muniam Alfaker, Nuage sur le départ.
47- Chantal Danjou, Le livre de la soif.
48- Parviz Khazraï, Errance dans les miroirs.
49- Eszter Forraï, L'escalier de vagues.
50- Isabelle Lebrat, Dans l'éclair.
51- Marc Alyn, Le chemin de la parole (1954-1994)
52- Nohad Salameh, Chants de l'avant-songe.
53- Mamani Abdoulaye, Œuvres poétiques (introduction et notes par Jean-Dominique Penel).
54- Kama Kamanda, Les vents de l'épreuve.
55- Honorat Badiel, Murmures d'un œil solitaire, (Livre I).
56- José Muchnik, Proposition poétique pour annuler la dette extérieure, (Bilingue français-espagnol).
57- Hassan Benghabrit, Du silence à la nuit.
58- Mohamed Hmoudane, Poème d'au-delà de la saison du silence. Suivi de Ere d'Aube.
59- Jean Gillibert, Mes référendes.
60- Pierre-Loup Le Masque, Nuit de lumière.
61- Marc Bedjaï, Isfra des Amraoua, sonnets kabyles.
62- Jacques Guigou, Une aube sous les doigts.
63- Adnan Mohsen, La mémoire du silence
64- Jacqueline Persini, Histoire de ma maison ou naître.
65- Eszter Forrai, Sylvie Reymond-Lépine, L'ombre des éclairs (bilingue hongrois-français).
66- Tahar Bekri, Les chapelets d'attache.
67- Jean-François Roger, Le pain d'ortie.

Collection ***Poètes des Cinq Continents***
dirigée par Maguy Albet, Geneviève Clancy,
Léopold Congo Mbemba, Alain Mabanckou
et Emmanuelle Moysan

17- Jabbar Yassin Hussin, Aux rives de la folie.
18- Marc Alyn, La parole planète.
19- Myriam Ben, Au carrefour des sacrifices.
20- David Ndachi Tagne, Sangs mêlés, sang péché...
21- Monchoachi, Nuit gagée suivi de «Quelle langue parle le poète?»
22- Jean-Claude Villain, Leur dit.
23- Mohamed Hmoudane, Ascension d'un fragment nu en chute.
24- Jean-Dominique Penel, Le sage du quartier Yantala a mal aux dents.
25- Kama Kamanda, Les myriades des temps vécus.
25- Kama Kamanda, Les myriades des temps vécus.
26- Elie Maakaroun, L'Amour et la parole
27- Marc Alyn, Les Alphabets de feu - Le Scribe errant.
28- Aïda Balabane-Hallit, La Désertée.
29- Claudine Chonez, Poèmes.
30- Mohamed Grim, L'Astre éclaté.
31- Mourad Preure, Qacidâte pour l'espoir.
32- Daniel Leduc, L'homme séculaire.
33- Abdelhak Serhane, Chant d'ortie.
34- Salah Al Hamdani, Mémoire de braise.
35- Jean-Jacques Nkollo, Boris et Pavlone.
36- Antoine Boulad, Les Brindilles de la mémoire.
37- Papa Ibrahima Seck, Sangomaar.
38- André Lagrange, Reprendre la parole.
39- Jean-Luc Wauthier, Les vitres de la nuit.
40- Jean-Claude Villain, Orbes.
41- Marguerite Ben Idir, Réflexions sous un figuier suivi de Fantasmagories.
42- Jean-Blaise Bilombo-Samba, Hors la nuit.

Reproduit et achevé d'imprimer
par EVIDENCE au Plessis Trévise
en octobre 1998
N° d'imprimeur: 683